Éditions Gründ
60, rue Mazarine - 75006 Paris

Texte : Mien Tcheng et Lucie Paul
Marguerite
Illustrations : Catherine Mondoloni
Secrétariat d'édition :
Justine de Lagausie
PAO : Luc-Edouard Gonot
Nouvelle édition 1998
par Éditions Gründ
Édition originale par
Éditions Nilsson sous le titre :
*Les Contes merveilleux
de la Chine*
© 1998 Éditions Gründ, Paris
ISBN : 2-7000-4226-3
Dépôt légal : septembre 1998
Photogravure et impression :
Tien Wah Press, Singapour

Loi n° 49-956 du 16 juillet 1949 sur
les publications destinées à la jeunesse .

UN PAYS UN CONTE

Le Mariage du Roi Serpent

Texte de Mien Tcheng et Lucie Paul Marguerite
Illustrations de Catherine Mondoloni

GRÜND

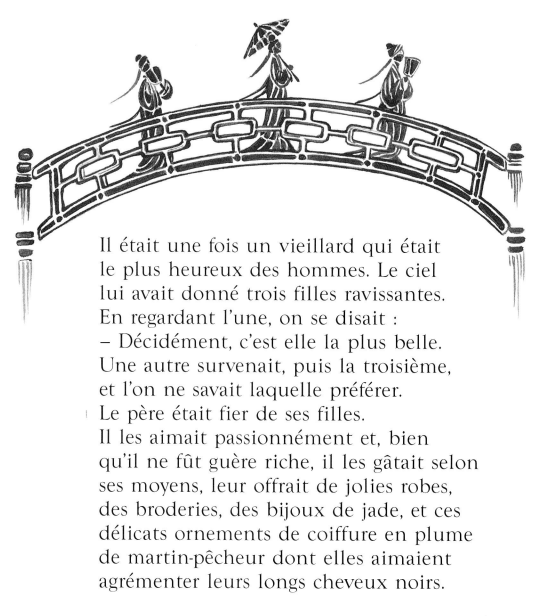

Il était une fois un vieillard qui était
le plus heureux des hommes. Le ciel
lui avait donné trois filles ravissantes.
En regardant l'une, on se disait :
– Décidément, c'est elle la plus belle.
Une autre survenait, puis la troisième,
et l'on ne savait laquelle préférer.
Le père était fier de ses filles.
Il les aimait passionnément et, bien
qu'il ne fût guère riche, il les gâtait selon
ses moyens, leur offrait de jolies robes,
des broderies, des bijoux de jade, et ces
délicats ornements de coiffure en plume
de martin-pêcheur dont elles aimaient
agrémenter leurs longs cheveux noirs.

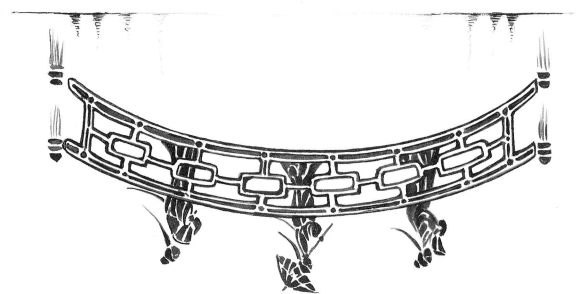

Il cultivait pour elles les fleurs les plus rares. Elles pouvaient écouter, dans le jardin, le ramage des oiseaux et admirer le soir, au déclin du soleil, l'ombre allongée des petits kiosques et des collines artificielles. La nuit, sous le ciel brodé d'étoiles, elles respiraient devant la maison l'arôme exhalé des arbustes. L'existence leur était douce. Leurs amies les enviaient. Chacune pouvait se croire la plus jolie, chacune estimait être la plus favorisée.

Un soir, tandis que ses filles dormaient dans leur chambrette, le vieillard sentit s'appesantir sur son âme le pressentiment d'un malheur. Une angoisse, qu'il ne s'expliquait pas, le tint longtemps éveillé. Vainement il se retourna dans son lit sans trouver le sommeil.

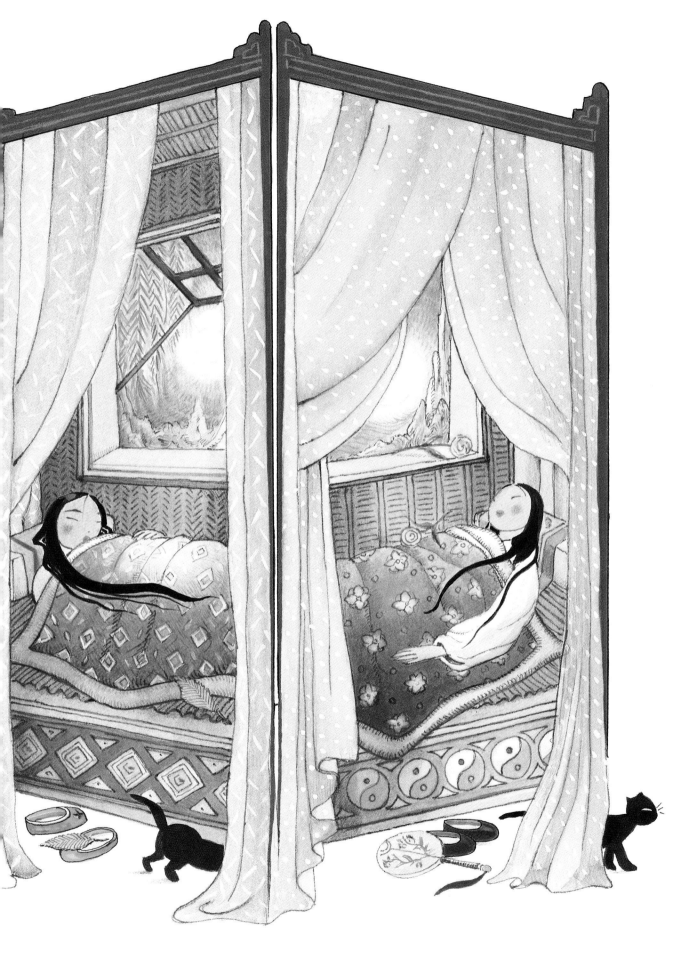

Il se leva et se promena
fiévreusement dans le jardin.
Et voici que, soudain, deux
feux brillèrent dans
une allée. Le vieillard, effrayé,
vit se dresser devant lui
un monstre dont les yeux
étaient pareils à deux
lanternes rouges.
– Je suis le Roi Serpent,
gronda une voix redoutable,
mais ne tremble pas ainsi.
Je ne viens pas en ennemi,
mais en ami si tu le veux
bien. L'idée m'est venue
de me marier. J'ai entendu
célébrer la beauté de tes
filles ; je te prie de m'accorder
la main de l'une d'elles.
Le vieillard, tout tremblant,
hésitait à répondre.
– Réfléchis bien, conseilla,
sur un ton menaçant,
le Roi Serpent, et malheur
à toi si tu ne répondais
pas à mes vœux.

Les feux rouges s'éteignirent
et le pauvre homme se
retrouva seul, en proie
à une bien cruelle anxiété.
Lorsque ses filles vinrent
le lendemain lui souhaiter
le bonjour, il n'eut pas
la force de se lever ni de
toucher au repas composé
de bouillon de riz et de
légumes salés qu'il prenait
habituellement à son réveil.
Pour ne pas tourmenter
ses filles, il leur cacha
son aventure, leur assura
que son indisposition était
légère et les exhorta à
vaquer à leurs occupations.
– Je souffre un peu de la
tête, leur dit-il d'une voix
faible, le repos me guérira.

Les deux aînées retournèrent,
insouciantes, dans leur chambre
où elles se mirent à broder,
sur des souliers de satin,
des fleurettes et des papillons.
La cadette resta auprès de
son père, dont l'état l'inquiétait
et, tout en le contemplant
avec tendresse, elle souhaitait
pouvoir alléger son mal.

C'était le premier
jour de l'été.
Par les fenêtres
ouvertes, une brise
embaumée apportait de suaves
effluves. Les abeilles butinaient
le cœur des fleurs. L'une d'elles
entra dans la chambre
de la sœur aînée et vola
autour d'elle en chantant
dans sa langue :

Won ! won ! won !
Che kia tchin wo tcho mei won !
Niou to yeu zé ma to feing !
Wen ni ta zié keing pou keing ?
Won ! won ! won !

Ce qui signifie :
« Le Roi Serpent me prie
de te demander ta main.
Il enverra des bœufs
qui porteront les fards
et les poudres et des chevaux
qui porteront les cadeaux.
Daigne me répondre
favorablement, je te prie. »
La sœur aînée comprit fort
bien ce discours, mais,
irritée, frappa l'abeille
d'un grand coup d'éventail
et l'envoya ainsi dans
la chambre de la seconde sœur.

L'abeille répéta sa chanson :

Won ! won ! won !
Che kia tchin wo tcho mei won !
Niou to yeu zé ma to feing !
Wen ni ta zié keing pou keing ?
Won ! won ! won !

Ce qui signifie :
« Le Roi des Serpents me prie
de te demander ta main.
Il enverra des bœufs
qui porteront les fards
et les poudres et des chevaux
qui porteront les cadeaux.
Daigne me répondre
favorablement, je te prie. »
La seconde sœur, offensée d'une
telle audace, ne traita pas mieux
l'abeille. Elle la chassa
et l'envoya ainsi voleter dans
la chambre de son père où sa
jeune sœur s'ennuyait à mourir.

Le merveilleux insecte chanta
pour la troisième fois :

Won ! won ! won !
Che kia tchin wo tcho mei won !
Niou to yeu zé ma to feing !
Wen ni ta zié keing pou keing ?
Won ! won ! won !

Et la jeune fille devina
que la guérison de son père
dépendait d'elle.
Doucement, elle prit l'abeille
dans le creux de sa main plus
blanche que le jade et,
par trois fois, elle répondit :

Keing ! keing ! keing !
Won ! won ! won !

– Oui ! oui ! oui !

Aussitôt l'abeille s'échappa
pour porter l'heureux message.
Le Roi Serpent envoya chercher
la fiancée le soir même.
La courageuse enfant monta
dans une chaise amenée
par quatre porteurs.
Et, pour ne pas désespérer
son père qui se fût opposé à
son sacrifice, elle partit sans
lui dire adieu.
Elle croyait aller à la mort, le
destin la conduisit au bonheur.

Quelques jours plus tard, elle convia sa mère et ses sœurs
à venir la voir dans le magnifique palais qu'elle habitait.
Le tendre père avait cru perdre sa fille bien-aimée. Il fut tout
heureux de la serrer dans ses bras. Elle lui présenta son
mari : le Roi Serpent ayant repris son apparence naturelle
apparut sous les traits d'un jeune homme en tout point
digne d'être l'époux d'une si belle et si aimable personne.

On fit un repas délicieux
où les baguettes étaient en or
et le riz servi dans des bols
en diamant.
Il y eut d'abord un potage
aux nids d'hirondelle, puis
des ailerons de requin, des
huîtres frites aux cacahuètes,
des poulets aux pousses
de bambou, une salade
mandarine, cent autres choses
encore, toutes sortes de
pâtisseries, et un gâteau de riz
aux huit fruits précieux auquel
tous firent honneur, même
les deux sœurs aînées qui
se repentirent, mais un peu
tard, de n'avoir pas eu l'idée
de sauver leur père en épousant
le Roi Serpent. Dans la pièce
voletait une abeille qui
chantait «Won! won! won!»